그리워한다고
말하지 않겠네

그리워한다고 말하지 않겠네

임영희 제3시집

도서
출판 행복에너지

목차

소망: 어느 날의 엽서

기도 : 꿈을 꾸어요

그리움: 바람이 전하는 말

사랑: 아름다운 꽃잎 떠다니면

소망

어느 날의
엽서

꽃향기를 닮은 사람

사람에게도 향기로운
사람이 있어 꽃향기가
나지요

장미꽃 향기가 나는 사람
백합꽃 향기가 나는 사람
달콤한 라일락 향기가
나는 듯한 사람

고향집 뜨락 국화꽃
내음 같은 사람

들길에 다소곳이
피어 있는 이름 모를
들꽃 향기를 닮은 사람들…

향기로움은 그 나름대로의
특성을 지녔지요

때로 억새풀처럼 빳빳한 사람
갈대마냥 흔들리는 사람
남 잘 되는 건 못 참는 사람
뒤에서 남 흉보는 사람

저만 잘났다는 사람
사람 사람 사람 사람들…

설영 손톱보다 작디작은
들꽃이나마 향기를 뿜고
피어 있는 들꽃 향기 닮은
그런 사람 되고 싶어요!

희망 1

시련을 겪지 않고서는
희망을 모르리라

시련은 희망의 꽃봉오리
꽃의 만개滿開는 시간이 필요하다

꿈은 멀리 있지 않고
발아래 있다

한 걸음 한 걸음 다가설 때
비로소 꿈이 이루어진다

나무의 꿈은 고운 잎새와 열매
새가 날아와 우짖기를 희망하리라

지금은 바다로 가라

지금은 바다로 가라
세기를 치달아 격랑하는 가슴앓이
고요히 녹아

잠들어 있는 바람의
젖은 속삭임을 찾아

꿈을 자르며
낯선 그대의 손길로 어루이며
위무하며

타오르는 분노의 무덤을
더 깊숙이 파묻히게 하라

목숨껏 쌓아 올린 오열의 모래성 위
한 줌 죽어 있는 모래 흙을
다시 뿌리며

그 심연 가득히
변형의 검은 진주를 크게 하라

흰 발목뼈의 이즈러진
아픔을 새겨가는 마지막 비명에는

몇 송이 피지 않는
피의 꽃잎을 색인하고 오열의
영혼까지 조각하라

그대여 슬프도록 바다로만 가라
남은 잔여의 시간
모든 소망을 타살하며

기어이 남기지 않을
비가를 되묻기 위해

지금은 바다로 가라
지금은 바다로만 가라

누가 알고 있나요

깃털 하나 날아 오르는
가벼움의 무게
사람답게 살기 위한 무게는
무거워야 하는지 가벼워야 하는지…

아는 사람 있나요
살다 보니 별 사람 다 있지요
잘난 사람 못난 사람
고운 사람 미운 사람
정겨운 사람 냉혹한 사람
다정한 사람 외로운 사람

수많은 사람 중에
우리들의 인연은
몇 겁의 인연으로 만난 건지
아는 사람 있나요

남겨진 황금빛 시간에는
삶의 무게 죄다 벗어 두고
깃털처럼 가벼히
꽃잎 떨어지듯 사뿐히
아름답게 지저귀는 새소리마냥
흥겹게 살다 가리…

그대는

그대는 나무였으면
바라보고만 있어도 싱그러운
나무였으면…

그대는 향기였으면
가까이 다가서면 기분이 상큼한
향기였으면…

그대는 하늘이었으면
외로울 때 쳐다보면 가슴 벅차는
하늘이었으면…

그대는 바람이었으면
마음이 어두울 때 시원히 불어 주는
바람이었으면 좋겠네…

마지막 내가 꽃이었으면
한 송이만 받아도 그대 행복해지는
꽃이었으면…

우리가 기다리는 것들

우리가 살아오는 그 시간 속
애절하게 그리워하던
자유가 있었지요

많은 목숨들이 피 흘리며
쓰러졌던 통절한 아픔의
시간도 가버리고…

상처들이 하나씩 아물어
가리라 여겼던 위안들
지금 우리는 무언가를

기다리고 있는 쓸쓸한 마음들
서로 화해하지 못하고
갈등만으로만 내닫는

가치관의 혼돈이 초래하는 불안전함
우리들 마음이 안착하지 못하는 흔들림
아아 지금 우리가 기다리는 것은 무엇일까

우리들 마음속에 내일에 대한 꿈이
가득해지길 희망의 불빛이
환히 피어 오르기를…

남과 여

어느 때 여자가 외롭다고
말합니다
남자는 고독하다고
말합니다

말의 의미가 같을지라도
두 사람의 생각은 다릅니다
남자는 머리로 느끼고
여자는 가슴으로 느낍니다

한 그루의 나무를 바라보면서
여자는 나무의 아름다운 꽃과
푸르른 잎새와 미풍을
지저귀는 새의 노래를…

자신이 우람한 나무이기를
최상의 재목이며 자랑이기를
존경과 숭배의 지존이 되는
욕망을 꿈꾸는 남자

두 사람은 언제나
평행선 위를 달리는 열차
같은 시각 목적지가 같은 여행자
여행이 끝나는 순간까지

그래도 서로 배려하며 이해하고
따뜻한 마음으로 격려와
위안의 미소 사랑하는 마음으로
아름답게 살다 가리…

9월의 기도

오늘은 백합꽃을 닮은
마음으로 기도 드리고 싶어요

이제껏 아무 의미없이
꿈을 잃고 사는 모든 이들에게

긍지와 희망이 샘솟게
용광로 같은 열정을 주소서

가족과 모든 이웃들에게
항시 따뜻한 미소를 보내며

궁핍한 삶속에서도
의연함을 잃지 않게 하소서

너무 오랜 시간 희망을 버린
지친 눈빛의 사람들…

그들 마음속 깊은 회한을 씻어
드높은 가을 하늘 닮게 하소서

나라를 다스리는 이들은
오직 나라의 번영과

국민의 진정한 안녕을 위해
한 마음 한 뜻으로 치국케 도우소서

푸르고 드높은 가을하늘마냥 우리
모두에게 행복한 긍지를 드높여 주옵소서…

마음이여

한결같아라 마음이여
열아홉 돌배나무 아래서
바라보던 봄날의 따스한 환영

꿈을 꾸던 그 세월
뜨겁던 열정 세월이 흘러간 흔적은
쌓였거나 남아 있지 않고

주름진 얼굴이랑
낯선 반백의 머리카락
조용히 혼자 있노라면 눈물겨워라

봄날엔 꽃이 피고
여름이면 축축이 내리는 비
바닷가 모래밭 출렁이는 파도

푸르고 드높은 가을하늘
돌담길 붉은 단풍잎
겨울 가로등 불빛에 내리는 눈

둘이 거니면 더 아름다운 밤
지나가버린 건 죄다 아름다워라
마음이여 언제나 한결같아라

소중한 모든 것들이여

봄비가 촉촉이 내리고
작은 호수 위에 물안개
자욱이 서린 어느 날

들길 가득히 작은 꽃들이
피어 있는 길 아련한 기억들을
떠올리며 걷고 싶어라

삶이 어느덧 큰 언덕을 넘어
서녘 하늘의 황혼 같은 무렵
세상의 모든 소중한 것들이여…

남길 수 있는 건 사랑과 감사
후회함도 망설임도 없이
온갖 열정 죄다 쏟으리라

제 스스로 부끄럼 없는 삶
돌아보고 돌아보는 끝없는 반성
언제나 아름다운 삶이 되도록…

오월의 기도

잔인했던 4월의 상처
슬픔을 죄다 거두어 가소서

선량한 이들의 마음 깊숙이
젖은 슬픔이 너무 크옵니다

이 정겨운 봄날에 흩뿌려진
상처이기에 더욱 아픔입니다

그렇게 4월이 떠난 자리
오월이여! 찬란하게 번창하게

우리 모든 이들의 마음마다에
작은 위안으로 미소 띄게 하소서

삶이 가혹한 것이 아니라
은혜와 감사와 행복함이 되도록

고운 날씨와 나라 안팎이
무사평온하게 하시옵소서

욕심일지라도 오월의 기도로 하여
우리가 행복되게 하옵소서…

정을 사렵니다

여기 그리움 팝니까
마음이 너무
메말라서요

배려하는 마음이랑
따뜻한 정은
어디에서 사나요

사람 사는 곳이라면
그리움도 있고
넘치는 정도 있어야지요

서로 배려하고
사랑하는 정이
너무도 그립습니다

여기저기 쏘다니며
그리움을 사고 정을 사렵니다
저물어 가는 세모歲暮에…

내 안의 기도

나를 뒤돌아 보게 하소서
헛된 욕망으로 하여 자신을 괴롭히는
어리석음을 깨닫게 하소서!

작은 과오에도 너그럽지 않고
분노하는 옹졸함을
말끔히 버리게 하소서!

몽상과 허세로 하여
영혼을 멍들게 하는
부끄러움을 씻게 하소서!

아주 작은 소망과 만족함으로
마음이 풍성해지는
충만의 기쁨을 알게 하소서!

자신으로 하여 사랑하며
남을 배려할 수 있는 온유하고
진실한 사람이 되게 도우소서…

뜨거운 꿈이 있다면

꿈을 내려놓지 마세요
언제인가 꿈이 너무 무거워
꿈을 놓아 버렸지요

가벼워진 마음은 사는 대로
살아가는 대로 그렇게
한참을 살았네요

세월은 어찌 그리도 빨리
흘러갔는지 일흔이 되고
이제 남아 있는 시간…

꿈을 놓아버린 그 후회로움
무엇이 되고저 하는
뜨거운 꿈이 있다면

꿈을 꼭 붙잡고 놓지 마세요
그 꿈을 위해서
아주 열심히 사노라면

꿈은 반드시 이루어질 수 있어요
때로 삶이 두렵고 절망스러워도
결코 포기하지 말아요

더욱 목숨을 저버리는
결단決斷만은 하지 말아주세요
일흔 해를 살아본 간절한 부탁이네요

어느 날의 엽서

그냥 행복하다고 말하고 싶어요
지금껏 살아 있음이 행복하고
건강하게 두 발로 걸을 수 있고
마음대로 푸른 하늘을 바라볼 수
있음도 진정 행복입니다

때로 말없이 눈물 흘릴 수 있는
자유로움도 아름다움에 취할 수 있는
순간의 감동과 늘 만날 수 있는
정겨운 친구가 곁에 있음도
행복하게 합니다

빈곤함이 마음을 위축시키고
불편함이 있을지라도
지나가 버리면
모두가 추억처럼
아련해지나 봅니다

마치 옛사랑의 기억처럼…
그냥 이제는 행복하다고만
말하고 싶습니다
남은 시간의 소중함만큼 행복한
마음으로만 살다 가렵니다

그곳에 가고 싶다 – 제주

내 꿈을 묻고 돌아온 그곳
그곳에는 꿈이 아직도
푸른빛으로 상처없이 고스란히
남아 있을 것 같다

타인을 위하고 봉사할 수 있는
길을 찾아 나섰던
그 젊은 날의 순수함
지금도 가슴 젖게 하는 꿈이었네

오! 다시 태어나면 꿈을
버리지 않겠네
꿈을 위해서 오직 꿈만을 위한
삶을 살아가리라

결코 후회하지 않는
열정적인 삶 타오르는 불꽃처럼
살다 가노라고 말할 수 있는
부끄럽지 않은 그런 삶을 살다 가리다

아이야

아이야 바람소리 들리느냐
대숲 우는 소리

너희는 올곧게 자라는
사철 푸르른 대나무를 닮고

어디서도 떳떳한
굴하지 않는 성품을 품어

하늘 우러러 밝은 웃음
마음껏 웃으려무나

사랑하고 사랑하는 아이야
너희는 내일의 꿈이다

빛이다 보석이다
무엇과도 바꿀 수 없는 영원한…

가을날의 희망

가을의 수확을 위해
여름은 불이었나 봅니다

살아남을 것은 죄다
끈기 있게 살아서…

가을꽃들이 선명한 빛깔은
흘린 땀이 배어 있기 때문입니다

잃어버린 것에 집착하기보다
내일의 꿈을 꾸는 것이

떠나보낸 수많은 날들의
그리움보다 더 아름답습니다

내일은 더 행복해질 것을
약속함이 조금씩 다가오는

가을날의 희망이기를…
조용히 기도하고 싶습니다

젊음에게

상상의 날개를 달고 높이 날아오르라
꿈꾸지 않는 자에게는 허공뿐
인생은 한 순간이 아니라
일백 년을 바라보는 긴 세월이다

끊임없이 꿈꾸고 상상하고
도전하지 않고는 이룰 수 없는…

성취의 꿈이 아름답고 자랑스런
행복한 자족감이야말로
그대들에게 주어진 가장 값진
충만이며 사랑이리라

날아오를 때의 희망이 있다면
다시 추락하는 절망도 있으리라
절망조차도 그대들이 꿈꿔야 할
한 몫이려니…

꿈도 희망도 절망까지도
삶의 주어진 영역

죄다 그대들이 품어야 하고 가꿔야 하는
생의 드넓고 험난한 터전
허나 사랑하고 사랑하면서
그대들의 삶을 가장 아름답게 꾸며 가기를…

슬픔에게

그 많은 아이들이
눈망울 초롱초롱한
그 아이들이…

졸지에 그 참담한
슬픔을 고통을 비극을
어이 감당했을까

달아난 어른들은
사람이 아닌 괴물보다
더 무섭고…

그 바다에서 침몰이란
속수무책 죽임을 당한
아름다운 사랑스런 그 아이들…

생각하는 것만으로도
눈물이 아픔이 부끄러움이
핏발처럼 내돋는다

사랑하는 아이들아 이제쯤
하늘나라에서 하늘나라에는
슬픔 없이 고통 없이 분노 없이

웃음 가득한 이쁜 얼굴로
괴롭던 기억 다 잊고
다 버리고…

사랑스런 눈망울 초롱초롱한
꿈으로만 살기를 잊지 않으리라
결코 잊지 않으리라…

오늘을 위해

오늘이 소중하다고
어제가 있었기에
존재하는 오늘…

단 하루의 차이일지라도
내일은 누구나가 다
맞이할 수 없는
미래라고 합니다

오늘
소중한 날의 의미를
기억하고 음미하며

사랑하는 사람과
사랑하는 우정과
사랑하는 가족과

모든 사랑하는 이들의
건강과 행복
행운이 늘 함께하기를
기도하고 싶습니다

소박한 꿈

아들아 너는 거목이
되려고 하지 마라

그냥 따뜻한 가슴으로
꿈 하나를 품고
그 꿈을 바라보고 달려가는
소박한 사람이 되라

거목이 되는 꿈은 너무 아득하고
멀기만 하여 사람들은 종내
지치고 절망하고 마는
체념에 다다르고

아주 작은 희망일지라도
따뜻한 가슴으로 맞는
성취의 꿈도 빛나도록
아름다울 수 있어…

네 언저리에는 노상 온기로 하여
주위를 따스히 덥힐 수 있기를
꿈이 크다고 하여
거목이 될 수 있는 건 아닐 것이다

정녕 소박할지라도 네 자존감이
빛나도록 행복할 수 있기를…

희망 2

나의 희망은 저 작은 고양이와
고양이를 향해 걸어가는
작은 여자 아이입니다

세월의 긴 이야기를 전하고 있는
고목과 하늘과 드높은 산
망각되지 않는 삶의 연속성이 거기 있어도

나에겐 저 작은 고양이와
작은 여자아이의 사랑이 더 현실적으로
가슴으로 와 안깁니다

봄이 왔을 때 분홍빛 복사꽃이 피고
웅크리고 있던 작은 고양이의
등이 꼿꼿이 펴지는

저 작은 여자아이의 발걸음도
내일을 향해 꿈을 향해
꼿꼿해질 수 있기를…

작은 씨앗으로부터 돋아나는
새싹을 바라보듯
나는 희망을 보렵니다

가을 벤치

붉은 가을이 만개한 나무 숲
그리움으로 놓여진 벤치
그대 나를 기다려주오

반세기가 바라보이는 세월
그 그리움의 젖은 눈빛
나를 기억하고 있나요

이제는 그리움의 끝이 뵈는
가늠할 수 없는 외로운 시각
잠시 머무를 수 있는 삶의 여운…

저문 가을의 마지막 작별이
찾아오기 전에 그대여
가을과 함께 나를 기다려주오

가을 잎새

나는 너에게 풀잎이기를
동토의 땅에서 돋아나는
봄날의 풀잎이기를…

그리해 여름날의 청청한
푸른 잎새가 되고
새들이 날아와 앉은 가지 위
반짝이는 빛으로
새들의 노래가 되기를…

가을 날 붉게 물든
가을 잎새 되어 너의 발밑에
떨어져 밟힐지라도
고운 빛깔의
가을 잎새가 되리라

한 해를 보내며

한 해를 보낸다는 건
새로운 한 해를 맞는다는
것이리라

청마의 해라고
부풀었던 기대는
더 무참히 짓밟혀지고

실망만큼 희망은
좀체로 바라볼 수 없는
상처투성이…

사람들의 마음은 닫히고
금 간 곳이 너무 많아
어디서부터 시작할 것인지

깊고깊은 절망으로 하여
속수무책 모든 것이
아득하기만 하다

허망한 꿈과
스스로 다스릴 수 없는
야망은 버리기를…

작은 소망과
작은 보살핌과
따뜻한 마음으로

목마름을 축일 수 있는
신뢰와 정의로움과 진실만이
공존하는 새해가 되기를…

꿈길

꿈이라 하자
꿈길을 가노라면
가슴 설레인다

언제까지 꿈길을
갈 수 있을까
설레임도 마냥 그러할까

긴 삶의 여정에서
꿈을 꾸며 꿈길을 걸으며
행복해하는 슬픔이여

세상의 모든 아름다움이여
크고 작은 욕망에 허덕이는
어릿광대여…

그래도 꿈을 꾸라
꿈꾸지 않고서는
더욱 황량한 삶의 길

모든 꿈의 끝은
허무라 할지라도
꿈을 꾸라… 너는

딸에게

너는 눈물 흘릴지라도
후회는 말라

언제나 깊은 사유 속에서
길러진 한 두레박
맑은 물이라면

향유享有하면서 스스로
자족할 수 있는
기쁨의 미소지으라

자유로움으로 네 영혼을
살찌울 수 있는
지혜를 익히고

인내와 용기로 하여
네 삶을 윤택하게
가꾸어 갈 수 있기를…

사랑하는 마음으로 하여
빛날 수 있는
아름다운 삶이 되게 하라

잠자코 너의 곁에서
언제나 기도하리라

말들

말이 하고 싶다
언제나 내 마음을
말하고 싶다

그대는 말하기 싫어하고
그대의 의향을 따라
말을 죽이고 있다

가슴 속에는 죽은 말들이
가득차서 어쩌면
질식할지도 모른다

살아 있음으로 하여
생각되는 가슴속의 말들
서로 나누이는

그 기쁨을 나누이지 못하는
심장은 끓어올라 살아 있는
얘기들을 나누이고 싶다

그 욕망으로 하여
늘 슬픔을 앓는 삐에로가
될지도 모른다

비야 내려라

가슴에 맺힌 한恨
씻어가게 비야 내려라
얽히고설킨 한
빗물에나 녹을까

하늘 우러르며 기다리던
비…
비야 마음껏 내리려무나
눈물도 메말라가는 세상

빗물에나 마음 적시랴
오고가는 눈길조차도
소원해져 가는데
비야 내려다오

논밭도 적시고 이웃도 적시고
우리 모두의 마음을 적셔
따뜻한 눈길로 서로 바라볼 수 있게
비야 내려라… 비야

늙었다 하지 마소

벗이여
처음 만나면
늙었다 하지 마소

나이 일흔에
어찌 아니 늙지
않겠소

그냥 반갑다고
말해주소
보고 싶었다고 해주소

친밀하다고
할마시 하고
부르지 마소…

왠지 무시하거나
비하하는 듯 들려
마음 상한다오

영감탱이 하고
불러도 마음 상하지
않겠소

기왕이면 듣기 좋은 소리
기분 좋은 말
생각하고 말해주오

늙기도 서러라커늘
서로서로 고운 정을 나누이며
기쁨으로 만나자오

꿈

꿈을 버리지 마라
꿈은 작은 생명이다
꿈없이 죽정이로 사노라면
영혼 없음과 같아서

아이야 어디를 가도
네 꿈을 챙겨라
때로 바람처럼 흔들려도
꿈이 너를 놓지 않으리라

감사 드리는 마음

기쁨을 모르던 너는
눈물이 가장 가까운
우울한 아이였다

그 오랜 자기와의 고독한
싸움에서 벗어나 웃음 웃는
따뜻한 가슴이 되고…

숙연한 기도와 포용할 수 있는
성숙과 스스로 자족할 수 있는
작은 희열을 진정 감사하게 하소서!

기도

꿈을
꾸어요

가족을 위한 기도

눈빛만으로
사랑하게 하소서
가족이라면…

서로 염려하고
배려하는 마음으로
살게 하소서

아픔으로 눈물 흘리는
일이 없게 하여
주소서

너무 큰 욕망 갖게 하지 마시고
작은 안락에도 감사하는
마음 갖게 해 주소서

후회하지 않게
꼭 이루고저 하는 만큼
허락하여 주소서

마지막 내가 아는 이웃들
친지 모두 건강하고
미소 머금게 돌보아 주옵소서!

기도 1

경건한 마음으로
기도하고 싶습니다

이웃과 우리 사회와
나라 안팎이

모두 평안한 마음으로
살 수 있었으면 좋겠습니다

천재지변이 없고
시위랑 총파업도 없는

사회질서가 잘 잡히고
건전한 시민의식의

아름다운 나라 행복한
마음으로 살았으면…

가장 천진한 아이 같은
기도를 드리고 싶습니다

위안이 되라

나비처럼 훨훨 날아서
사랑하는 꽃으로 가려무나

밤새 내린 이슬에 젖은 꽃송이
날개로 닦아 주면서

꽃의 하소연을 꽃의 그리움을
함께 아파해 주렴…

밤이 지나 떠오르는 햇살이
꽃을 어루이면 너는 다시 훨훨 날아

외로운 나라로 가서 가장 외로운
이를 달래어 주는 따뜻한 위안이 되라

세월에게

세월아 너만 가느냐
나도 간다
너를 붙잡을 수 없으니
마냥 따라 갈 수밖에…

불평불만이야
왜 없겠냐마는
멈추지 않고 가기만 하는
세월 너 따라 예까지 왔네

태어나 걸음마를 배우고
철들어 학교엘 갔고
16년 공부하고
나이 찼다고 결혼하고

딸 아들 낳고 그럭저럭
손녀딸 둘까지 얻어
어느새 대학생이 되고
그 세월…

아니 늙었다면 거짓말이지
너를 따라갈 시간도
이제는 얼마 남지 않았겠지
세월아 세월아

이제껏 살아 온 것만도
감사 드려야 겠거니
건강하게 살다 그 어느날
그 어느 마지막 날에…

엷은 미소 띠우며
가고 싶구나
세월아 세월아
너를 따라 내가 가누나

날아라 새여

날개를 활짝 펴라
날개가 짧을지라도
느낌만으로도 구만 리를
날고,

포기하지 않는
끝없이 날아 오르는
갈망이 있다면
이루리라

햇빛 따사로운 봄날의
아름다운 꿈을 그리며
드높은 창공
찬서리일지라도

새여 날아 오르라
성취의 꿈은 불꽃 같고
외로움은 칼날 같아서
포기하고픈…

그리해 성취의 그림자는
사라져 버리고
비틀린 자학으로 하여
긍지를 잃으리라

새여!
내 마음의 새여
너무 오래도록 날지 못하는
안타까움이여

작은 소망을 위한 기도

꿈을 버리거나 잃어버린
이들에게
아주 작은 꿈일지라도
다시 그 꿈을 데워주세요

소망을 이루어가는
과정이 힘들지라도
한 걸음 한 걸음 앞으로
나아가게 하는 힘을 실어 주소서

춥고 외롭고 슬픈
이들에게는
따뜻한 정으로 손잡을 수 있는
친구를 얻게 해 주세요

추운 계절 겨울 거리에서 만나는
이에게 포근한 눈길과 따뜻한
말 한 마디 정녕 외톨로 남지 않는
소통의 용기를 갖게 하소서

사람마다 조금씩은 외로움이 있고
슬픔이 있어 자신을 치유할 수 있는
인내의 힘과 사랑을 갖게 해
주옵소서!

기도 2

목적을 두고 기도함을
용서하소서

가장 절실한 마음일 때
그 두려움을

감추기 위한 나약함이
손을 모으게 합니다

두려움과 소망을 함께하는
제 기도를 용서하소서

아이의 희망이 되살아나고
건강한 삶을 살 수 있도록

사랑을 허락하소서!
진정 은혜롭게 하오소서…

씨앗

아주 작은 씨앗 희망 하나로
삶은 이어지고
고달픔도 아픔도 미움도
죄다 녹아 봄 같은 마음

3월은 그렇게 새로워
지고 기다림이 다시
이어져 간 삶의 긴 여로…

희망이라는 씨앗 하나
가슴에 간직하리
봄이 오는 것처럼 기쁨도 오고
행복함도 오고

아주 작은 씨앗일지라도
살아나서 믿음이 되면
그 꿈은 3월처럼 오리라

꿈 2

아이야 네 꿈은 갈대와
같아서 흔들리나 보다

아이야 작은 꿈일지라도
흔들림 없이 간직하려무나

3월이면 봄이 오는 것처럼
네 꿈도 3월의 봄처럼 오리라

꿈이란 오랜 세월 속에서
영글어 가는 열매 비바람 맞으며

가슴 깊숙이 보듬고 갈무려
가야 하는 소중한 보석

긴 겨울을 보내야만 3월이 오듯
그렇게 다가오는 것이란다

날개

날개 없음이 참으로
다행한 일이다
날개를 달고 태어났다면
이 세상 곳곳을 찾아

날으려는 욕망으로 하여
이미 날개는 부러지고 지쳐
살아남지 못할 힘겨움
자신을 파괴하는 지름길인 것을…

이제는 그만 욕망의
크낙한 날개를 접고
스스로 자족할 수 있는
위안의 작은 가슴이기를

날개여
욕망의 부질없는 날개여
이제는 조용히 아주 조용히
그 날개를 접으려무나…

나의 기도

흔들리지 않는 마음을 주옵소서
오랫동안 마음 흔들려 평안할 수 없던
어리석은 자신을 깊이 반성케 하소서

언제나 자신을 기만하지 않고 배려와
이해와 용서할 수 있는 너그러움을
그리하여 미소 띄울 수 있게 하소서

많은 시간 열등감으로 하여 우울하며
자학했던 때의 부끄러움이 많습니다
그 전철 밟지 않게 굳건히 잡아주소서

차 한 잔 보내드리오리다

하 어수선한 우리의 현실
무엇이 명백하게 옳고
잘못되는지를 가늠할 수 없는

격앙되고 모멸스런 감정만은
확실한 슬프고 아픈 기로에서
높푸른 가을하늘을 쳐다보아도

답답한 국민들의 마음을
누가 무엇으로 어떻게
위로해 줄 수 있을까…

긴긴 한숨을 쉬어도
후련해지지 않는 멍울진 가슴
아아! 오늘 차 한 잔 보내드리오리다…

그 섬

그 섬으로 가고 싶다
순수한 사람들로만 모여
사는 그런 섬은 없을까

그 섬에 사는 사람들도
밥을 먹는지
잠도 자는지…

일상의 생활을 하면서도
순수할 수 있을까
믿을 수 없는 현실

내 살고 있는 곳
더럽혀지고 썩은 욕망으로만
가득차서…

슬프다 못해 모멸스런
부끄러움 어딘가로
떠나고 싶어라

행복 – 나에게

행복을 찾아가는 한 마리 새가 되어
수 십 년을 헤매이다가 앉은
작은 나무가지 위

한 마리 애벌레를 발견했을 때
초록빛 풀포기에 내려 앉은
영롱한 이슬 한 방울을 바라볼 때

물안개 피어나는 작은 호숫가
언덕 위에서 바라보는 소소한
정겨운 풍경에서…

노란 산수유꽃이 처음 피어나는
봄날의 뜨락에서도 친구가 보낸
예쁜 생일 축하 엽서 한 장에서도

그 모든 것의 일상에서
기쁨과 행복이 깃들어 있거늘
행복은 아주 큰 것만이 아닐 수 있는

먼 곳에 있는 것도 아닌
내 작은 가슴 속에 내 작은
눈동자 속에 어리어 있거늘

이제는 죄다 아낌없이 지우고
버리고 잊고 또 비우고
순수히 맑고 밝게 행복하기를…

오호 통재라

가엾은 여인이여
그 영광과 영예로움은
다 어디로 가고

모멸과 멸시와 오욕의
누더기를 쓰고
역사의 오점으로 남겨지려는가…

한 치 앞도 내다 볼 수 없는
인간의 운명 그 영예로움조차도
믿을 수 없어라

이토록 어지럽혀진 난국에
나라를 사랑하는 충정의
영웅은 어디에도 없단 말인가

오호 통재라!
바람 앞의 촛불처럼 불안한
사랑하는 내 나라 대한민국이여

가슴 깊이 경건한 마음으로
기도 드리오니 오천년 역사가
자랑스러운 굳건한 나라이기를…

꽃이고 싶을 때

내가 한 송이 꽃이고 싶을 때
그대는 나비가 되어 주세요
훨훨 날아서 바람을 가르고
솔향기 묻힌 날개로
날아 오소서!

전생에 꽃이었을까요
유년이었을 때도 좁은
논둑길을 걸으며
작은 별꽃을 보고
마냥 기뻐하였지요

세월 지나 청춘일 때
아이들이 돌아간 하오
학교 화단을 손질하며
사색의 긴 시간에 빠져 있던
그 젊음도 가고…

내가 꽂이고 싶을 때
그대는 나비가 되어
높푸른 창공을 가르며
청청한 빛깔의 파도처럼
날아 오소서!

꿈 - 손녀에게

꿈이 희망이라는 것을
희망은 곧 빛이리라
아침의 태양이 밝게
떠오르듯

꿈은 언제나 빛나는 별이 된다
별을 볼 수 없는 흐린날에도
별은 떠 있을 것이다

다만 가려진 것일 뿐
너의 꿈은 언제나
빛처럼 별처럼 빛나기를
꿈을 버리지 말라

잊지도 말라 네 가슴 속에
뜨겁게 묻혀 있을 때
꿈은 이루어지리라 아이야…

아름다운 입술

아름다운 입술로 너는
거짓말을 하지 말라

옳고 그름에 대해서도
바른 말을 할 수 있는
용기를 가지렴

언제나 바른 말과 바르게
행동할 수 있음은 의지다

세상을 바라보는 눈도
너의 의지 안에서 밝게
참다웁게 보이리라

아이야! 사랑할 수 있는
마음도 준비하지 않으면
이루어지지 않을 것이며

아름다움을 느낄 수 있는
마음까지도…

모든 것은 모든 너의 삶은 네 마음
안에서 이뤄지는 의지와 용기로 하여

너를 행복케 하리니 아이야
아름다운 입술로 아름다운
말만 하려무나…

기도 3

안개 자욱한 산마루에서
그대는 내려다 보고 있다
안개 걷히고 저녁노을 지고
캄캄한 어둠 속으로 길이 있다면

나는 그 길을 따라 걸어 가리니
어둡고 험악한 길일지라도
흔들림 없이 두려움 없이
걸어 가리다

그 안개 자욱한 산마루에서
한 발짝 한 걸음씩
다가오는 발자국 소리
그 발자국 소린 그리움이 되리니…

내 기도 소리가 들릴 수 있는
곳에 그대여 머물러 주어요
어쩌다 바라볼 수 있는 거리에
목소릴 기억할 수 있는

그곳 어디쯤에서 기다려 줘요
언제나 그대에게로 향해 달려가는
그리움… 삶의 한가운데서
꿈이었고 빛이 된 그대여

꿈 3

꿈은 아주 긴 여행이리라
일생을 담보로 하여
꿈을 꾸는 모험을 해 보라

그 결과는 결코 후회하지 않을
대어가 낚일 것이니
망설임 없이 외길로만 나아가라

바람에 펄럭이는 깃발처럼
흔들릴지라도 한 곳에 머물 수 있는
그런 바윗돌이 되는 꿈을…

드디어 성취가 무엇인지를
가늠할 수 있는 굳건한
사람이 되리라

하루의 축복

시월 밝은 햇살 아래
높푸른 하늘을 쳐다보며
두 팔 벌려 심호흡을 해 본다

어제도 무사했고 오늘 하루도
정녕 무사하기를 빌며
외출을 한다

여든을 바라보는 나이에
건강한 모습으로
외출할 수 있음이 행복하다

한 해가 지나갈수록
변해 가는 모습이랑
조금씩 무너지는 건강상태

그래도 이만큼이라도
만족할 수 있음이
무척 감사한 마음

존경하고 사랑하던 아버진
예순도 못 넘기시고
하늘나라로 떠나셨는데

벌써 아버지보다 이십여 년을
더 살고 있으니 감사함과
송구스러움이 새삼스럽기도 한…

마음속엔 언제나 아버지의
모습이 말씀이 새겨져
떳떳함과 정의로움과

따뜻한 온정의 마음으로
세상을 바라볼 수 있는
사람이기를 스스로 채찍질하리다

작은 소망

겨울의 끝자락에서
피어나는 작은 소망

눈물은 언제나 감출 수 있고
웃음 크게 웃을 수 있는
마음가짐을 갖게 하소서

많이 외로워했던
지난날이 있다면 이제는
기쁨으로 하여 행복함을 알고

감사할 수 있는
따뜻한 미소와 보살핌을
함께 나눌 수 있는 마음

언제 어디서나 공유할 수 있는
열린 마음으로 아름다운
삶을 살게 하소서!

아침 편지

나는 꽃으로 피어나고
그대는 아름드리나무로 서서
싱그런 푸른 바람이 불 때면
향기를 보내리라

아름드리나무여!
햇빛 가려진 바위 틈새에서
작은 꽃 한 송이 피어날 때면
나무 가지마다에 고운 잎새 피우고

풍성한 봄볕 가득 품어
줄기마다 작은 새들의
보금자리가 되고
나무를 바라보는 꽃들의 미소…

생각하는 것만으로도
웃음 흘리는 행복한 아침에
다시 태어나면 그대는 나무가 되고
나는 꽃이 되리다

비 내리는 날

우울한 마음 달래려
혼자 길을 걸을 때
우연히 마주친 그리운 이여

그런 행운이 있다면
얼마나 기쁠까

우산을 받고 회색빛 먼 하늘을
바라볼 때의 그 쓸쓸함마저도
기쁨이 되는 그리운 이여

약속하지 않아도
우연히 마주친 만남이 있다면
얼마나 행복할까

봄비가 내리는데
목련은 이미 눈물인양 떨어져
내 발길에 밟히는데…

기도 4

마음을 다스리고 싶어요
시기하지도 말며
자학하지도 말기를

언제 어느 때도
흔들림 없기를
평온한 마음이기를

좁쌀만큼 작은 것일지라도
감사한 마음으로
받아들이기를

바람결에도 흔들리고
빗방울에도 흔들리는
지조 없음을 부끄러워하게 하소서

노상 묵묵함과
흔들림 없는 꿋꿋함으로
강인한 의지의 삶을 살 수 있게 하소서

마음이여!
정녕 아름답고 순수하기를
기도 드리고 싶나이다

명복을 빕니다

반세기도 넘는 긴 세월
그리움을 안고 살았음은
정녕 행복한 삶이었다고
말해주고 싶습니다

서로 함께 마주 바라본 건 아니어도
그리움을 가슴에 담았음은
정녕 공감할 수 있는 마음입니다

평생 많은 꿈들을 좇고
그리해 더 많은 보람을 남기고
떠나는 마지막 길…

그 길이 빛나고 아름다운
나라이기를 기도합니다
가시는 길 아무런 미련 없이
가벼운 마음으로

티끌만큼의 후회도
남기지 않는
백설의 마음으로 가소서!
진정 명복冥福을 비오리다!

꿈을 꾸어요

꿈꾸는 자의 아름다운 꿈이여
설령 이룰 수 없다 하여도
꿈꿀 수 있음은 기쁨이며 희망이리라

눈을 뜨고 살아 있음을
의식할 수 있다면 꿈을 버리지 말라
새롭게 다가오는 세월 속

자신이 감당할 수 있을 만큼
꿈꿀 수 있음은 행복함이리라
이루어질 수 없다면 또 다른 꿈을…

쉬임 없이 꿈꿀 수 있음이
인간의 희망이며 꿈이리라
실망하지 않고 일어설 수 있음이

곧 꿈이리라
크고 작은 아주 소소한
꿈일지라도 꿈꿀 수 있음은

살아 있음의 확연한 증거이리니
행복한 나의 꿈이여
아직 꿈이 있어 미소짓게 하소서

내일도

일출과 일몰의 아름다움을 바라보며
미소 지울 수 있음이 행복하다

여든 해를 살면서도
아직 남아 있는 시간

얼마만큼의 세월일지는
알 수 없어도 지금 살아 있음은

기쁨이리라 사랑하는 가족들
사랑하는 친구들 또 모든 관계에서

내가 기쁘게 살고 있음은
행복함이리라 감사한 마음

소박하고 진실된 마음으로
내일의 일출과 일몰을 바라보리라

오월의 희망

그리운 이들이여
삶의 한 가운데는 언제나
그리운 이들이 있어 행복해요

내 그리운 이들이여
어느 새 오월입니다
싱그러운 연두빛 잎새들이
마음을 사로 잡네요

세상은 자꾸만 어수선해져
마음들이 안락하지 못해도
그리운 마음 사랑하는 마음으로
사노라면…

전화위복의 기쁨이 찾아와
행복할 때도 있겠지요
멀리 내일이라는 희망 잊지 말아요

오천년 유구한 역사가
우리들 가슴 깊숙히
쌓아 올린 저력이 있지 않나요

서로 바라보며 사랑하며
신뢰하고 의지 하면서
그리운 이들이여!
행복한 마음 건강하게 살아가요…

그리움

바람이
전하는 말

연두빛 들판 저 너머

은빛 모래와 반짝이는 햇살
바람에 스쳐 야들거리는 물풀
송사리떼는 어디 갔을까

연두빛 들판 저 너머 아름다운 강이 흐르고
아홉 살 아이의 맨발은 귀여웁고
거기 묻어 있는 추억은 더 사랑스러웠지…

푸른 신록 위에 소근거리며 내리는
빗소리가 내밀하게 들리는 어느 하오
지근거리던 삶의 흔적들도 어느새

60년을 뛰어넘어 고스란히 잠들어 있네
별빛이 푸르른 밤 꿈을 띄워 보내던
그 젊은 날의 사랑과 빛나던 꿈들과의 이별…

그대의 강물

마음속 흐르는 강물
육십 년이 흘러도
메마르지 않고
넘치지도 않네

무료한 날에는
멱 감기도 하고
잔잔한 물결 위에
하이얀 종이배 띄우기도 했네

늘 자족하면서 흐르기를
기도하는 동안
시간은 강물 위를 흘러
예까지 왔나보다

사랑을 느낄 때 미소 띠우고
분노를 느낄 때 가슴 찢고
외로울 때 눈물 흘리고
미워할 때 눈길 거둔

돌아보면 아득한 꿈속
강물 위를 흘러간 인생
되돌아 올 수 없는
저 먼 아슴한 정경

마음속 유유히 흐르는 강물
흘러흘러 바다에 이르면
출렁이는 바다 넓은 바다
한 가운데 누워

하늘을 보며
푸른 하늘 위
그 드높은 하늘 위에
내 작은 그리움을 놓으리라

달빛

누가 달빛을 느껴 보았나요
우리가 유년이었던 적
고향의 달빛은 정겨웠지요

싸리 울타리 바자 위에 매달린
늙은 호박이랑 흰 박덩이
가을은 그렇게 영글었고

음력 9월 열여셋 날 달빛은
유난히 청아로워 아름다운
새 색시의 눈물 같대요

지금은 누가 달을 쳐다보나요
달빛을 받아보기나 하나요
이 밤 창문 열고 밤하늘을 쳐다봅니다

검은 회색빛 밤하늘
별들마저 사라진
대도시의 밤하늘에

열여섯 날의 둥근 달이 떴네요
옛적 어머니의 눈빛에서
울고 있던 새 색시의 눈물이

오늘밤 청초하지도 않고
가장 아름다운 달빛의 백미가
아니어도…

내 눈빛에는 가슴에는
그리운 어머니의 달빛이 고요하게
요요하게 비추이고 있어요

물망초

나는 죽어서 그리움
될래요

사랑하는 이들의 가슴에
촉촉이 젖어드는
그리움 될래요

떠나가는 길
외롭지 않게 따뜻한
사랑 남길래요

눈 감으면
코끝에 스며드는
향기가 되고

그리울 때는 뜨거운
눈물 될래요

언제나 사랑하면서
살아야지
지나가 버리면

후회로 남겨지고 말아
그리움이여…

먼 훗날
나를 잊지 말아 주어요

그리운 날

노을 속으로 잠든
그리운 날들은
밤하늘의 별이 되고
꽃이 되고

안개비가 되었다가
고즈넉한 날
이슬이 되어
나뭇잎에 내리네

창을 열면 찾아오는
바람의 날개
새들은 바람 따라
춤을 추고

그리운 날들의
푸른 기억들은
바다로 가서 태풍이 불 때면
파도가 된다

잠들지 못하는 밤
창을 열고 노을 속으로
잠든 그리운 날들의
사랑을 불러 보세요

가슴 하나

마음 한 켠 고이 숨어 있는
가슴 하나 속내도 없이
잠잠히 잘도 숨어 있네

꽃 피는 봄날에는 살며시
일어나 웃고 비가 내리는
여름 한 철 눈물 흘리는

바람 산뜻한 가을 날
몰래 혼자서 나와 카랑카랑한
햇살과 더불어 씨름을 하다가

눈이 하얗게 내리는 날
너무 외로워서 가로등
불빛 따라 눈밭을 걷는다

수많은 날들을 그렇게 혼자서
속내도 못 들어내는 마음속
한 켠의 서러운 가슴 하나

눈밭 위의 사람아

쌓인 눈 위 외길
발자국 남기며 떠나는 이여

홀로이 외롭게 떠나는 발자국 위에
뜨거운 눈물 고였으련…

망망대해보다 더 삭막한
눈벌판을 그대는 외길 발자국 남기며
떠나가는가

바이칼 호수 위에
눈물 뿌린 여인도 있다지만

가도가도 끝없는 눈밭
보이는 것은 눈뿐
그대 머리 위로 설움의 구름…

홀로이 떠나는 외로운 길
다 남기고 쓸쓸히 떠나가는
뒷모습 서러워라

떠나는 사람아
그리움은 남기고서 떠나가는가

밤편지

달빛 고운 밤 별빛이 유난히
반짝이는 밤 벗이여
창가로 가 보세요

달빛이 잔잔히 들려주는 이야기
한 오십 년쯤의 옛날로 돌아가
아름답고 순수하던

그 시절의 기억들을 더듬어봐요
눈물겨웁게 그리워지는 추억들
꿈들이 보이지 않나요

입가에 미소가 떠오르며
분명 그 시절의 꿈들이
보일 거에요

여름밤이면 모깃불 지핀
툇마루에 앉아 밤하늘의 별들을
쳐다보던 즐거운 내 별을 찾고

카시오페아, 북두칠성, 오리온좌…
별들은 왜 그렇게 반짝였는지
아름다웠는지…

지금은 내 별이 어디로 가버렸을까요
그 많던 별들은 다 어디 숨어 있을까요
별빛 고운 밤하늘이 몹시 그립네요

나무의 꿈

하늘에 맞닿고 싶다
끝없는 욕망으로
키가 큰 나무들

한 발자욱 떠날 수 없는
천형으로 나무의 꿈은
하늘로만 달린다

푸른 달밤을 사랑하고
바람 비 천둥소리에도
나무는 향수를 느낀다

떠날 수 있는 것에 대한
그리움이 목을 늘이고
하늘을 사랑한다

저 먼 수평선 너머의
미지의 세계가
너무 그리운 나무…

나무의 꿈은
언제나 영원한 꿈으로
초록빛을 띄워간다

봄날

그리움을 떠나 보내고도
가슴이 아프지 않는 건
한 마흔해쯤

그 깊고 서늘한 그림자마다
쌓인 그리움이 너무 뜨거워
가슴이 따뜻해진 까닭이겠지요

일흔이 되고 여든이 되고
목숨이 다하는 날까지
변하지 않는 그리움이 있다면

정녕 행복한 일
해가 바뀌고 또 한 해의
새해가 되었습니다

멀리 보이지 않는 곳일지라도
마음은 언제나 가까이에서
함께 숨 쉬고 있습니다

살아 숨 쉴 수 있는 것만도
두 다리로 걸을 수 있는 것도
말을 나눌 수 있는 가족이 있는 것만도

행복하고 감사한 마음
그리움은 내 삶의 한 가운데서
언제나 따뜻한 봄날이었습니다

그리워 한다고 말하지 않겠네

세월이 지나간 뜨락
낙엽이 떨어져 쌓여지고

꽃은 또 피어나 아름다운 시간임을
말해주고 있다오

그대를 처음 만난 순간의 침묵
말할 수 없는 부끄러움

청춘의 여리던 감성까지
기억해 낼 수 있는 기억들…

잊혀지지 않는 그리움으로 자라
가슴은 불꽃이 되어도

그리워 한다는 말은 하지 않겠네
세월이 가고 목숨이 다하는 날이 올지라도

그대를 바라볼 수 없는 먼 곳
잠들어 있는 뇌리 속에서도

언제나 그리워하고 사랑하는
가슴으로 행복한 그리움…

그대여 상쾌한 바람이 부는 날은
낮은 언덕으로 가요

바람이 되어 그대 곁으로 가리다
그래도 그리워 한다고 말하지 않겠네

그리움 **153**

그리움 2

가만히 다가가서 속삭이리다
생각하는 것만으로도
행복한 사람이 있다고 말하오리다

눈빛 속에 잠긴 그리움을
그리워하고 그리워하는
마음 언제나 그지 없어라

바람소리에도 은은하게
스며드는 낮은 목소리
잔잔한 음률로 적셔오는 그대는

저 먼 기억의 끄트머리에서도
언제나 지워지지 않는
그리움이네

그리운 사람이여

그리워서 그리워서
오늘 밤 꿈길로 가리
그리운 사람이여

거짓말 같게도
잊은 적 없어라
이제껏 세월이 가도

남아 있을 시간
눈 감는 순간이 와도
그리울 사람이여

빈 벤치

아름답고 싱그러운 정원에서
나를 기다려 주오

풀잎의 향기랑 예쁜 꽃들의
속삭임만 들으세요

언제나 그리움 젖은 눈빛과
사랑을 담은 목소리로

기다림의 지친 노래는
마음으로만 불러 주어요

아름답고 싱그러운 정원에는
그리운 이를 기다리는

늘 그렇게 놓여 있는 빈 벤치
그리운 이여! 나를 기다려 주오

내 손 잡아 주어요

외로움으로 눈물 흘릴 때
그리운 이여
내 손 잡아 주어요

어느 깊은 가을 날
마지막 잎새까지 떨어져 버린
빈 나무 곁 홀로 서 있을 때
그리운 이여
내 손 잡아 주어요

겨울의 막막한 눈 덮인
들판을 헤매일 때
그리운 이여
내 손 잡아 주어요

3월의 잎새 눈 뜨고
꽃잎 피어나는 아름다운 봄날
그리운 이여
내 손 잡아 주어요

바람이 전하는 말

잠 못 드는 밤
그리운 이여

그대에게 전하지
못한 말 날려 보냅니다

바람이 세차게 부는 날
바람이 전해 주는 말 들으소서

오늘도 그리움의 강은 흘러
바다에 이릅니다

강가에 서면 잔물결 일렁이며
흐르는 강물 눈여겨 보소서

언제나 그리운 이여
천년이 흘러도 쉬임 없는 강물…

그리운 마음 그리워하는
마음 강물 따라 흐르리라

내 눈眼 속에는

눈 속에는 그리움이 있습니다
숨소리 들리지 않아도
그대 모습 보입니다

삼백예순 날
그리움은 언제나
안개꽃이 되고

비 내리는 날은
빗소리에 잠긴 목소리가 먼 바다에서
울리는 파도소리 같게도 들려옵니다

가을날 떨어져 내리는 낙엽 위로
무수히 떠오르는 그대 얼굴
그리움으로 하여

다시 그리움은 꽃으로 피어나
언제나 꽃을 좋아하는
내 눈 속에 담겨 있습니다

그리움의 꿈

그리움은 언제나
너로 하여 가슴을 적신다

너른 들판에 홀로 선
나무를 보듯

외로움으로 하여
가슴 조이고

오늘은 울고 싶은
한 마리 새가 되어 날아간다

샘물 같은 그리움은
퍼내고 퍼내어도 마르지 않는

먼 훗날 그리고 먼 훗날에도
아름다운 그리움의 꿈을 꾸리라

바람아

옷깃 스친 게 바람이런가
바람이라면 그냥 옷깃만 스치고
지나갈 것이지

마음까지 제 흔들어 놓고
가슴 속 펑펑
뚫어진 그곳에

그리움이 차서
밤마다 잠 못 이루는
아픔이여…

바람아 이제는 되돌아
거세게 불어다오
옷긴 스친 인연

아픈 마음 실어가
스친 바람에게 가득 쏟아
부어 주려무나

바람아 바람아
옷깃 스친 바람아
눈 감아도 잊지 못할 바람아…

꿈꾸는 바다

그대는 내 꿈꾸는 바다
끝없는 바다이기를

잠시 꿈꾸다 마는
바다가 아니라

내 영혼이 끝나는 날까지
빛나는 꿈이기를

바다는 내 그리움의 바다는
잠들지 않는 불멸의 바다

사랑하고 사랑하고
사랑하고… 내 꿈이

다시 태어나도 그대는
내 영원한 그리움의 바다

작은 영혼

내 영혼에는 그리움이란
병이 깃들어 살고 있나보다

그리움의 옷을 벗고서는
살지 못하는…

열다섯 살의 그즈음부터 내 영혼
어딘가에 빌붙어 살고 있는 그리움

일흔 다섯 해의 세월
그 농익은 긴 세월 속에서도

사그러지지 않는 작은 영혼
그리움아

목숨이 다하는 날 그리움을
안고 가리라 하늘나라로…

그리움에게 1

너는 살을 에이는
겨울 찬바람인가

속살까지 헤집는
아픔이여

눈을 감아도 선연하게
떠오르는 빛

떨치고 떨치려 해도
그림자 같네

그 바다 제주여

내 스물여섯의
청춘의 꿈을 묻고
돌아서 온 곳

산방굴사 그 앞의 너른
바다는 얼마나
푸르렀던가

꿈틀거리는 파도에
떠나보낸 나의 꿈
청춘도 버렸던가…

반세기 만에 다시
찾아온 그 바다
아름다운 제주여

바다는 언제나 거기
그렇게 머물고
빛나도록 푸른 물결

한번쯤 돌아보고도
매료 당하는 바다여
바다여 제주 바다여…

떠나갔던 내 청춘의
무덤은 어디인가
안녕한가

반세기를 헐떡이며 살아온
그 수많은 날들의 기억이
오늘 새롭게 번쩍이네

삶이 그런 것을
삶이 그렇게 끈적이며
아름다운 것이…

이별

떠나가는 이의 마음은
어떠했을까

남아 있는 이의 가슴은
써늘해지겠네

헤어지고 만나고
또 만나고 헤어지는 이별

이별 속에 차곡히
쌓여 가는 삶…

이별이 슬플지라도
이별 속에 젖어 있는 그리움

그 그리움의 물결이
노상 가슴을 어루이고

이별이 아픔일지라도
기다림의 꿈이 있겠네

이별이 가고 오는
삶의 바다에서…

꿈을 꾸며

밝은 햇살 바구니에
담을 수 있다면
젤로 물색 고운 바구니 하나
가득 담아 보내련만

맑은 하늘 한 자락도
끌어와서 함께 보내고
마음은 항시 곁에서
미소 띤 얼굴 바라보며

행복해하련만 인연은
먼 곳에서 다가서지
못하는 나그네 되어
먼 길을 걷고

사람 사는 거야
거기가 거기겠거늘
사람 마음은
어찌 그리도 다를까

꿈꾸고 꿈꾸고
꿈을 꿔도 잊을 수 없는
해 바뀌고 바뀌어도
매양 그립기만 한데…

그리움에게 2

나는 그 산에 가리라
높고 험악한 곳일지라도
잠시의 쉬임없이

지치고 숨 쉴 수 없는
고통에 허덕여도
눈조차 감을 수 없는

그리움 그리움이여
목숨이 다하는 날
비로써 떠나가리니

저 깊고 깊은 바다의
푸르름처럼
그리움은 짙게 물들고

그 바다 위 마지막 노을같이
불타며 사라져 가는
사랑이 되리라

그 어느 날의 편지

그리움을 아세요
때로 영혼이 슬픈
바람소리로 웁니다

외롭고 고독한 것도
아닌데도 슬피 우는
영혼을 달랠 수 없는

그 막막함의 절망을
그대는 아세요
(……)

세월은 저만큼
반세기를 바라보고
있지만…

그리움의 바다는 깊고
푸르러 메꿀 수 없는
아픔입니다

울지도 웃지도 못하는
그 얽매인 영혼을 달래는
시간의 끝없는 실의를

나는 사랑이라
생각하는지도 모릅니다
어리석은 어쩌면 부끄러운…

내 삶이 끝나는 날
내 영혼의 마지막
그날에서야 비로소 잠들 수 있겠지요.

어둠 속에서

모두가 잠든 어둠 속에서
홀로 잠들지 못해
뒤척이는 밤

그대여
그대는 잠들어 있는가

먼 먼 그 젊은날의
어느날 그대와 마주친
눈길…

그것이 사랑이 되는 걸
몰랐네

수십 년 흘러 흘러
백발이 되었어도

멈추지 않는
그 사랑의 그리움이

가슴속에서
가슴 한 켠에서 요동치는
파도가 되어

이 밤도 잠들지 못하는
그리운 이여…

멍울

꿈속에서 밤새
헤매이다 깨어난
아침

귓가에 울리는
목 쉰 새소리

오랜 세월 흘러 갔어도
지워지지 않는
덧없는 그림자여

쓴웃음 지우며
속절없음을 비웃어
보아도

끝끝내 지울 수 없는
멍울이여

떠나 보내기

떠나 보내는 건
진정 운명인 것이라고
마음이 그리 말을 한다

쓰린 아픔이던 마음은
이제 눈꽃이 되어
펄펄 내리고…

아름답던 날의 기억들도
빛잃은 낙엽되어
죄 흩날린다

모든 욕망과 희망들이
잿빛 안개 속에서 떨며
망각의 길을 걷고…

종내 어쩔 수 없는 나그네
어느 간이역에서 뇌이던
몇 구절의 시가 그리웁다

그대로 하여 긴 세월의
뒤안길에 곱게 피었던
그리움의 꽃들…

메마르고 비틀린 몰골로
기어이 그대를 보내리라
그대의 기억을 손 놓으리라

황새

꼿꼿이 서서 무얼 그리
바라보는가
다리가 길어서
목이 길어서
저 멀리 보이지 않는
곳까지도

새여! 너는 혼자서
그리워하고 있는가

그리움이란
긴 세월이 흘러도
언제나 그 자리에서
먼 곳을 바라보는
새여!
외로운 황새여

나도 너를 닮아
그리워하고 있는가

고백

그립다고 그리워 한다고
말하지 않겠네

이미 그 그리움
돌이 되어 있거늘…
설령 한恨이 되었어도
원망치 않으리

그리움 그리움
그 그리움의 날개들이

훨훨 날아서 하늘 높이
제 마음대로 날아 올랐기에…

그리움 3

보이진 않아도 가슴속
가득 채울 수 있는 건
그리움이리라

그리움 그리움
그 그리움의
알 수 없는 실체를…

그대는 말할 수 있나요
정녕 말할 수 없음으로 하여
더욱 애틋한 그리움이 되는

이 아침도 그대여
그리움은 안개처럼 가슴 안
가득히 서리웁니다

마음

그립다는 말은 하지 않겠네
이미 한 오십년을
바라보기로 하였거늘

새삼스레 그립다는 말
군더더기이려니
"사노라면 잊힐 날 있으리라"는 말

다 그렇게 살아온 것이려니
삶이 어디 남다를까
목숨이 남아 있는 날까지

행복하였노라
내일도 더 훗날에도
살아 있음이 행운이라고

그리움
그리움
그 그리움의 마음이여!

그리운 엄니

엄니의 어깨 위에
내려앉았던 인생

아무리 고달퍼도
엄니는 지칠 줄 모르셨다

삶의 한 가운데 자식을
씨앗으로 묻어두고

꿈을 불어 넣고
사랑을 키우고

때로는 기쁘기도 하지만
슬픔이 더 클지라도

따뜻한 손길로 잡아 주시며
사람 되기를 가다리신

그리운 엄니
사랑하는 엄니…

슬픔 그리고 사랑

나의 마지막 슬픔은
사랑입니다

슬픔은 가장 순수하고
아름다운 느낌

슬픔과 기쁨의 두 얼굴
사람들은 기쁨을 사랑합니다

기쁨 안에서의 슬픔
슬픔 속에서의 기쁨

나의 순수한 느낌은
슬픔 안에서 빛나고

슬픔으로 하여 나의 영혼은
언제나 성숙해 갑니다

내 생애에 가장 변함없는
사랑은 슬픔입니다

슬픔과 함께 그리움이 있는 건
행복한 마음입니다

흔적

그리움이 피어나는
모습은
아지랑이 같을까

가슴 속으로 머리 속으로
가득 서리는 그리움의
실체는 어떤 것일까

바라보면서 꾸는
그리움의 꿈
살아온 그 세월의 흔적은

무엇으로 남겨질까
생을 두고 오직 한 마음
유일했던 그 꿈의 흔적은…

부질 없는 사랑

그대를 사랑하는 마음
신앙처럼 되어 버렸지만
언제나 그대는 저만치 홀로 있다

사람이 사람을 사랑하며
가슴앓이 하는 아픔
그래도 그 사랑은 여전하다

세월이 흘러
한 오십년쯤 그렇게 흘러가면
사랑도 그리움도 그대도

이미 다 녹아 있겠거늘
부질없어라
사랑아 사랑아

그대에게로 가는 꿈

바다가 그리운
호수는 늘 그렇게
하늘을 바라보고

바람 따라 귀 기울이며
파도소리를
그리워한다
다가설 수 없는…

좌절을 뛰어 넘고
꿈들과의 오랜 속삭임
체념의 뿌리 가득 그리움과 사랑
잊을 수 없다네

나무 사이
바람 불어가는 그쪽
바다는 깊이 포효하고
잠든 호수와 하늘

그대에게로 가는 꿈은
한 걸음 멈추고 서서
나무들처럼 그냥 그렇게
기다리고 있다네

우리가 외로워할 때

그대는 외로움을
느끼지 않나요

때로 우리가 외로워할 때
차 한 잔을 함께 나누이는
시간을 배려해 주세요

따뜻한 차 한 잔의 온기가
크나큰 위안이 되리라

서로 마주본다는 것은
즐거움이 되겠지요
눈빛과 눈빛이 부딪치는
순간의 공감이 따뜻하리라

그대의 눈빛 속에
가득 담겨 있는 정情

정겨움과 위안의
끝없는 사랑이 되리라

사랑

아름다운 꽃잎
떠다니면

사랑 그리고 행복

오늘도
햇빛 쏟아지는 창가에서
창밖을 내다 봅니다

마알갛게 닦여진 봄날이
목련 꽃잎마다 내려 앉아
눈부시게 반짝이고 있네요

봄은 이제 완연합니다
삶이 얼마나 진중한 것인지
삶의 뜨거운 바다에

몸을 눕히고 살아온 사람들
삶의 여정 위에 내려 앉았던
기쁨 그리고 슬픔

노도와 같은 삶의 길 위에서
해후했던 수많은 사람들의
사랑 그리고 행복

사람답게 살고저 기원했던 순간들이
눈앞을 스쳐갑니다

별 과오 없이 이제끔 살아온
삶들이 감동스런 창밖 봄빛에
감사함을 실어보내며

나머지의 삶도 또 그렇게
사랑하며 살리라
행복이라 기도하며 살리라

사랑 그리고 사랑

나의 사랑은
눈빛으로만 사랑할 수
있는 그런 사랑

아주 오래된 이야기
꿈꾸듯 고요한 사랑
내 마음 속에서만

노래하고 꿈꾸는
눈물같은 맑고 투명한
내 사랑 말할 수 없다네

먼 훗날 이 세상
이별할 때나
말할 수 있을까…

내 심장 깊숙이 숨겨진
보랏빛 노을로 타버린
고운 사랑

사랑아 사랑아
언제나 꿈꿀 수 있는
사랑아

입맞춤

보름달이 두둥실
잠든 세상을 비추는데
비둘기 두 마리
사랑의 입맞춤하네

그 무엇도 방해하지 않는
밤의 적요 속에서
입맞춤에만 몰입하고 있는
두 마리의 비둘기가

정녕 사랑스러워라
바라볼 수 있음도 기쁨이려니
누가 금슬 좋은
비둘기라 말했던가…

아기 사랑

아기를 보듬어 안고 있는
엄마의 그 눈길은
조용한 숨결이 보이는 것
같아요

손길마저도 사랑이 넘쳐
아기의 체온마저도 전해
오는 듯 따뜻해 보이네요
아기의 해바라기 하나봐요

햇살은 수줍어서 은은히
비추이고 고히 잠든 아기랑
엄마의 사랑이 너무 행복한
하오의 벤치

연리지

그리워서 그리워서 너를 안고
가슴이 되어버린 나무여

생명이 있는 건 사랑하는
마음을 품어 그리워한다네

그리워하고 그리워하는
그 세월의 안타까움이여

굳어버린 나무의 가슴과 가슴
백년이 가고 천년이 가도

그 끝없는 사랑 연연한 그리움
변함없이 영원하리라

편지를 쓰네

그대여
우리 살아온 연륜만큼
그리움이 쌓여
동화 같고 소설 같은
이야기가 남아 있습니다

꽃을 사랑하고
새소리도 그리워하면서
낙엽이 쌓이는 길을
걷고 싶어 했지요

눈이 내리는 날은
내려 쌓이는 흰눈을 보며
눈처럼 깨끗한 소망을
기도하기도 하고

산다는 건 행복하기도 하고
때로 슬프기도 아프기도 하지만
삶의 외길만큼 소중한 것이
어디 있겠습니까
생명만큼 소중한 것이
또 어디에 있겠어요

서로 사랑하고
서로 의지하고
서로 신뢰하면서
주어진 삶을 정성껏 열심히
살아야겠지요

나머지의 시간이 그리
길지 않아요
후회하지 않는 삶이 되도록
그대여 사랑으로 살아가요
힘 닿는 대로 남을 사랑할 줄도 알면서
그렇게 정성껏 살아가요

사랑아

사랑은 이미
나의 가슴이 되었다

나의 모오든 슬픔도
기쁨도 그대에게로 가서

기쁨이 되고 슬픔이 된다
아름다운 사랑아

서른 해가 지나
한 오십년쯤 되면

사랑의 마음은
한 마리 학鶴이 되랴…

바라볼 수 없어도
운명의 가슴이 된 사랑아

아름다운 사람

사랑하는 마음
별빛 같아라

그대를 향해 떠나가는
꿈들이 바람이 되어
하늘로 날아가네

아름다운 사람아
맑은 눈빛으로 바라보는
세상은 아름다워라

사랑의 마음으로
다가서는 손길은
더 따뜻하리라

살아 있는 나날 함께
숨 쉬는 것도 행복이어라

그대 아름다운 사람아
꽃처럼 향기로운 사람
사랑이여…

또 다른 편지

1
꽃들이 왜 이렇게
예쁜지 모릅니다
내가 알지 못하는 모든 것

바람이 어디에서
시작되는지도
모릅니다

나뭇잎이 흔들리우고
뺨의 촉감이 차가울 때
바람이라 여깁니다

2

언제부터인지
알 수 없는 사랑의 느낌
설명할 수도 없는 사랑이

가슴으로 와서 숱한 날들을
아름답게 물들여 갔습니다
사랑은 그럴 때

아름다움일 수도 있고
사랑으로 아픔을 느낄 때는
그 사랑은 아픔이 되겠지요

3

삶 속에도 말할 수 없이
많은 일들이 숨바꼭질하며
스쳐 지나갑니다

뇌성벽력이 치듯 피할 수 없는 운명
운명의 수레바퀴를 제 힘으로
돌릴 수 있는 사람은 위대합니다.

바람도 맞고 눈비도 맞으며
그저 물 흐르듯 마냥 그렇게
살아 가야겠지요

동굴 같은 사랑

마음 깊숙이 동굴 한 구석
웅크리고 있는 은밀한 사랑
언제 사랑을 하였던가
사랑을 잊었던가

사랑하면서도 고백할 수 없는 사랑
십 년 이십 년쯤 아니 삼십 년이 지나도
변치 않는 돌처럼 굳어진 사랑
그 사랑은 행복일까

그리움보다 더 지친 기나긴 시간
사랑보다 더 아픈 침묵
사랑이 떠나는 날은 언제일까
내 사랑 떠나는 이별은 언제쯤일까

촛불이여

제 몸 불태워
사랑을 보내네
촛불이여

스스로 불타지 않고는
빛을 낼 수 없는 운명
조용히 눈물 흘리며
어둠을 밝히네

내 사랑 촛불이여
그대의 뜨거운 사랑
곱게 간직하리니…

촛불이여
서러워 말아요
그대 뜨겁게 눈물 흘릴 때
감사와 축복 함께함이네

촛불이여
감사와 축복과
모든 사랑의 마음이여!

아름다운 꽃잎 떠다니면

봄이 왔어요
따사롭고 아름다운
봄…

온갖 꽃들이 피어
낙원 같은 별천지
마음까지도 꽃을 피워요

그대를 향해
날개를 달고 날으는
사랑

아주 먼 곳일지라도
날아갈 것 같은
마음

그대여 눈을 뜨고
먼 곳을 바라보세요
아름다운 꽃잎 떠다니면

사랑인 줄 아세요
그대에게 내 사랑
날려 보내리라

빛나는 봄날
향기롭고 아름다운
봄날에…

빛나는 봄날에는

빛이 쏟아져 나무가지마다
어여쁜 잎새 틔우고
꽃봉오리를 살찌우더니
화사하고 고운 꽃들을 피웠네

저 잎새에 빛나는 빛
눈물겹도록 아름다워라
봄날을 주신 이여
감사하오이다 !

은혜로움도 기쁨도
이 봄날엔 가득 사랑이어서
지나간 날의 슬픔은
모두 꿈속 같고

이제 남아 있는 날은
기도이게 하십시오
아름다운 세상에서의
즐거운 여정旅程

빛이 내려와 닿는 곳마다
아름답게 하소서
모두가 진정 사랑하게
빛나는 이 봄날에는…

행복 – 짝꿍에게

마지막 눈 감을 때까지
사랑을 안고 눈 감을 수
있다면 행복하리라

평생을 사랑하는
마음으로 살 수 있음이
얼마나 아름다운가

축복이며 은혜로움
남을 미워할 마음의 틈새 없이
오직 사랑하는 마음으로
살다 가리니…

눈 감을 때까지
아름다운 믿음으로 그대를 믿고
그대 또한 나의 사랑을 믿으리라

사랑하는 사람아
믿음으로 사랑만으로
눈 감을 때까지 행복하자

사랑을 보냅니다

긴 장마로 가족을 잃고
집을 잃은 모든 재난의 이들에게
마음으로나마 위안을 보냅니다

불가항력의 재난이라지만
너무나 가슴 아픕니다
용기를 잃지 마소서…

희망과 용기를 잃지 않는
사람만이 꿈을 이룬다고
하지 않나요

지금도 병마와 싸우고 있는
모든 이들께도
쾌유하시길 기원드립니다

더 무어라 위안의 말도
도움도 보탤 수 없음이
안타깝습니다

희망과 삶을 사랑하는 의지와
용기를 갖고 이겨내세요
기도와 사랑을 보냅니다

사랑은 1

창밖에 비가 내리는 날
그대 창문에 후두둑 떨어지는
빗방울 되어
그대의 창문을 두드리리다

그대여 가만히 창문을 열고
빗방울 소리에 손을 적셔 보세요
싸늘한 비의 촉감은 사랑의
아픔일 거예요

바람이 몹시 부는 날은
바람 따라 휘날리는
낙엽이 되어 그대의 창가에
쌓여 있으리다

가을이 깊어 쓸쓸한 날
낙엽을 밟으며 지나간 날의
아름다운 추억을 더듬어 보세요
낙엽 밟는 소리에

다시 깨어나는 사랑의 기억들
그대여 사랑은 가슴속에서
아름답고 향기로운 장미꽃
한 송이 가꾸어 가듯이

아! 장미꽃 한 송이 피우듯이
사랑은 그렇게 피어났거늘…

연가

물빛처럼 투명한
그대여

그대를 사랑하는
기쁨이

꽃을 사랑하는
마음과 같네

사랑을 가꾸어 가는
시간들은

행복하기도 하고
아픔이기도 하지만

빈 가슴으로 사느니
꽃 한 송이 가꾸듯

새 한 마리 키우듯
가슴으로 담고 싶네

내 사랑 그대여
늘 그 자리에 그렇게

맑고 청청한 샘물처럼
고여 있으소서

눈 오는 밤에

그리운 이여
정해년도 이제 저물어 갑니다

그리워하는 마음은
세월이 가도 변하지 않습니다

마냥 푸른 하늘을 바라보면
그대의 얼굴 거기 있지요

바람 부는 언덕에 서면
그대의 모습 바람 따라 흔들립니다

산에 오르면 산같이
우뚝 솟은 그대가 보입니다

꽃 만발한 아름다운 정원에서는
그윽한 향기가 납니다

그리운 이여! 함박눈이 쏟아지는
저녁답에는 창문을 열고

눈꽃 속으로 달려오는 그대의
발자국 소리 귀에 담으렵니다

사랑이 보입니다

살며시 눈을 감고
지난날의 아름답던
꿈을 그려 봅니다

시간의 흐름은
되돌릴 수 없어도
삶의 흔적들은

뇌리 속에서
되돌아 볼 수 있는
애틋한 그리움이 됩니다

삶의 군데 군데
쏟아 부었던 열정들
무엇이 되고져

갈망했던 아픔들
아직 끝나지 않는
삶의 여정

시간의 흐름이
지날수록 더 소중해지는
우리들의 삶

그 삶의 한 가운데
강물처럼 흐르는
사랑…

사랑이 있어 지속되는
삶의 아름다움이여
영원할 수 없는가

유혹

노란꽃은 유혹이라고 합니다
오늘은 그대를
유혹하고 싶습니다

그대가 이 세상에서
가장 마음이 좋은 사람이라고
말해 주기를 유혹하고 싶습니다

언제나 친애하는 마음으로
믿음과 신뢰가
변함없기를 유혹하고 싶습니다

살아 있음을 감사할 때마다
기억해 주기를
유혹하고 싶습니다

말 없을지라도 그대 마음속에
언제나 잠들어 있기를
유혹하고 싶습니다

함께 가는 길

검은 머리 초년의 젊음으로 만나
백발이 될 때까지 함께
걸어가는 인생길

푸르른 잎새 무성하고
아름다운 꽃길도 있었지만
때로 험난한 바위길도 있었으리라

봄날의 아른거리는 아지랑이도 만나고
폭풍우 몰아치는 캄캄한 어둠을 만나도
함께 손잡고 헤쳐 온 삶

먼 추억처럼 희미해져 가는
황혼의 뒷모습도
참으로 아름답지 않는가

이제 우리 앞에 놓여진 삶
마지막 열정의 꽃을 피우듯
서로 사랑하면서 아름답게 살리…

살아 가노라면

가슴 깊숙히 잠든 그대
그대에게로 가는 길은
멀고도 아득하다

시간은 말없이 흐르고 흘러
알 수 없는 깊은 바다
혹은 높고 높은 이름 없는 산

그 어디쯤에 머물고 있을까
그리워하는 마음
사랑하는 마음들…

사노라면 잊을 날이
살아 가노라면 만날 날이
그렇게 세월은 흐르고

또 저만치 쌓이는 그리움과
삶이 이어지는 나날들
아름다워라 사랑이여…

때로 삶이 지치더라도
그대의 눈빛 그대 목소리
꿈꾸는 잠든 시간

삶은 늘 그렇게 지탱해 가며
꿈꾸는 아름다운 여정길이 되는가
그대에게로 가는 길은 너무 아득하다

그대게로 가리다

그대를 부르리라
그대가 절망에 지쳐 있을 때
그대게로 가리라
그대가 고독할 때

그 고독의 한 가운데로
걸어 가리다
아무도 없이 그대가 홀로일 때
그대의 벗이 되리라

세상의 아름다움
세상의 더럽혀진 욕망
세상의 어둠과 좌절
알 수 없는 변화무쌍한 오욕

용광로 같은 험악하고
아득한 길일지라도
그대가 바라보이는 곳
그곳에서 기도하리라

사랑하는 마음
바라보는 마음
서로 신뢰하는 마음들이
행복하기를…

무인도

그대라면 통나무 외딴
오두막 집이라도 좋으이
문명의 혜택을 전혀 누릴 수 없는
오지라도 좋으리라

오직 사랑하는 마음
그대의 눈빛 바라보면서
밤이면 쏟아져 내리는 별빛을 주우며
도란도란 나누는 사랑의 밀어

밝고 맑은 아침이 찾아오는
푸르고 생기로운 기척에 눈을 뜨고
산새랑 산다람쥐 친구가 되어
시간을 잊은 그 무한의 자유로움

그대라면 사랑하는
그대라면 아무도 없는
무인도의 자연 속에서도
외롭지 않으리…

눈물

그리워서 그리워서

흘리는 눈물

무슨 인연으로 얽매였기에

그리도 오랜 세월 잊지 못할까

사랑아 사랑아

나의 사랑아

그대는

내 눈물 흘러
강물 되었다 하여도
그대는 돌아보지 마세요
한 그루 청청한 나무로 서서
바람소리 물결소리에
귀 기울이며 아름다운 숲이 되소서…

노을빛이 고운 날
푸르디 푸른 청청한 나무는
그 둘레까지 빛나게 하는
안락한 그늘이 되고
그냥 눈빛으로도 알 수 있는
넉넉한 사랑의 나무로 머무소서…

사랑은 2

사랑은 내게 왔을 때
서른 해의 눈물이
꽃이 되었네

세상의 문 밖에서
홀로 움츠렸던 영혼이
홀연히 날개를 달고

마흔 해의 하늘을 날아
그리운 이여
사랑은 바다같이 넓어

노상 건너지 못해도
하늘 우러러
바라볼 수 있는 자유

그 자유 안에서의 기쁨이
마르지 않는 정결한
사랑이 됩니다

나를 기억하소서

그대 혼자 먼 길을 걸을 때
잠시 뒤돌아 봐 주세요

그대 발걸음 따라 그림자처럼
그대를 따라 걸으리라

바람이 불어오면 그 바람 속
한 줌 바람이 되어

그대 이마에 돋은 땀방울 씻으며
그대 옷깃을 날리리라

세상 어디에 머물지라도
그대는 언제나 가슴에 남아

내 삶의 본향 같은
그대여! 나를 기억하소서…

생명

그리움은 언제나 생명같다
생명이 있는 날까지
노상 그렇게 그리움으로 하여
아픔마저도 생존이 되고

기다림은 사랑이 되나보다
기다림 없는 사랑이 어디 있나요
나무의 잎새 하나에도 스치는 바람
꽃 한 송이에도 의미가 있거늘…

꽃이 피는 봄 여름날의 흰 뭉게구름
바람 부는 가을 눈 내리는 겨울
그렇게 사계가 바뀌어 가는 시간들
그 시간들을 잠들게 하는 기다림

그리움이 있어
기다림이 있어
잠자코 바라보는 사랑이 있어
세월은 영글어 가는지 모릅니다

무제

너는 날개를 달지 말아라
날개를 달면
천사인 줄 알테니까

마흔 해를 두고서도
한결같은 마음은
무엇으로 하여 어디에서 오는걸까

세월이 쌓여간 저 둔덕
너머에는
애절함과 외로움이…

그리움은 굳어서 바위가 되고
사랑은 바람에 날리고 흩어져서
흙이 되고 먼지가 되었을까

백발이 되었어도
가슴엔 펄펄 끓는
불꽃덩이…

꿈 4

꿈을 꾼다
꿈 속에 너는 웃는다
얼마나 넉넉한 웃음인지

가슴 한 켠이
활짝 열리며
나도 웃을 수 있었다

얼마나 가슴
조이던 시간들인가
알 수 없는 마음

느낄 수 없는
메마른 세월은
덧없이 흘러가고…

반세기를 바라보는
먼 시간 속
너는 바위 같고

그림자가 되어
바라보는 그 세월의
어디쯤에

우리는 서로
바라보았던가
이제 기억도 희미해져 가는

꿈
그 꿈 같은
이야기가…

엄니의 사랑

엄니의 사랑은 저리도
애틋한가
보고만 있어도 애절한
사랑이 피어나고
눈시울 뜨겁게
눈물 흐르네

엄니의 사랑 불현듯
내 몸을 감싸 안아주듯이
온기로 데워지고
사랑아 사랑아
백년이 가고 천년이 가도
변함없는 엄니의 사랑

구름

그대는 언제나
둥둥 떠다니는
여름 구름 같네

언제 한줄기
시원한 비가 되어
내릴 것인지

가늠할 수 없는
마음은 가뭄 든
논바닥 같네

아름다운 꿈

떠난다고 이별하는 건
정녕 아니다
떠나는 사람은 이별이라
생각하여도
남아 있는 사람의 가슴 안에
간직된 모든 것이…

더 생생히 살아남아
꿈이 된다면
긴 세월 속 어딘가에서
다시 해후할 수 있는
우연이 있으리라

설령 한 오십년이 지나
쌓인 세월의 풀섶 어딘가에서
만나는 해후
운명은 그렇게
어설프기도 하리니…

이별 뒤에 마주하는 슬픔
너무 아파하지 마세요
꿈꾸어 가는 사랑은
삶 속에서 가장
아름다운 꿈이리라

벤치

눈보라 치는 밤일지라도
그대여 우리 손잡고 앉아
지나간 세월의 의미랑
남아 있는 시간의 깊은 의미도
생각해 보고 싶어요

사랑한다는 마음의 의미를
그대는 알고 있겠지요
아무 말을 않고도 알 수 있는
그 오랜 세월을 보내면서도
변하지 않는 마음의 외길을

눈을 감으면 파도처럼 밀려오는
그 따뜻한 갈망의 물결들
높이 쌓아 올릴 수 있다면
가장 빛나는 별 그 별까지
닿아 있을 것 같은…

아아 그대여 저 눈보라 치는 겨울밤
눈이 쌓여 키를 덮는다 해도
그대와 함께라면 두렵지 않겠네
사랑의 마음은 그 언제인가
죽음의 순간에서야 비로소 잊을까요

어린이날에

아이야 너희는 꿈이다
희망이다 사랑이다

어둠 속에서도 빛나는
밝은 빛이다

높이높이 날아서
너희가 이루고져 하는
모든 것에 다다르고

마음껏 웃음 웃는
기쁨을 함께 나누어 갖는
아름다운 어른이 되기를…

새들과 함께

발걸음 걷지 않고
날아서 가렵니다
마음이 그렇게 하라네요

꿈길이라 하여도 물빛 고운
파란 호수 위를 날아서
향기로운 꽃들이 만발한 들길도 지나

자유롭게 날아 다니는
새들과 함께 드높이 날아
그대게로 가렵니다

운명의 바다

1
내가 사랑하는 바다는
늘 거기에 있어
찾아가지 않아도 사랑할 수 있는
나의 바다이기에 언제나
익숙해져 있다

은빛 모래와 청록색의
물빛 고운 나의 바다
바다는 언제나 나의 본향이다

다섯 살의 어린 눈으로
연락선의 창문으로 처음 본
바다

눈병을 앓으면서도 숙모님이
안아 올려 창문으로 보여준
그 너른 바다

그 푸른 바다의 물빛
잊혀지지도 않았고
열다섯 살 사춘기에 다시 만난

포항 바다… 그리고 스물다섯 살
초등학교 교사가 되어
또다시 만날 수 있었던 세 번째 해후

그것은 운명이었을까
다섯 살과 열다섯 살
그리고 스물다섯 살의 만남이…

2
이듬해 혼자서 찾아 갔던
제주의 바다여
협재에서 만났던 그 바다의 초록빛깔

삼방굴사 아래에서의 그 바다는
나에게 많은 이야기를
들려 주었다

나 하늘나라로 돌아갈제
그곳으로 가리라
그 바다로 가리라 생각했었는데…

바다여 내 사랑하는 바다여
바다는 언제나 그곳에서
나를 기다리고 있으리라

사랑하리

쓰리고 아픈 기억의 저편에는
그리움과 사랑하는
따뜻한 기억들도 있어

긴 삶의 여정길이 오직
어둡지만은 아닌 꿈이 피어나고
희망의 따뜻한 빛이 되기도 하는…

설령 고달프고 힘들지라도
자신을 사랑하는 자존감이 있다면
덧없음과 슬픔도 지나 보낼 수 있는

미소가 피어나리니
사랑하리 그리고 또 사랑하리
삶의 모든 것을…

풀잎 이슬

오늘은 풀잎에 맺힌
이슬이고 싶다

햇빛에 반짝이는
이슬의 영롱함

오래도록 반짝이면서
너의 곁에 있고 싶다

햇빛이 쏟아져 내리면
이슬은 스러지고 말아

소리없이 흘러 내리는
눈물 같은 풀잎 이슬

그 이슬이라 하여도
한동안 너의 곁에서

반짝이면서 영롱한
그 순간의 이슬이고 싶네

바람 부는 날

바람이 몹시 부는 날
바람에 실려 가리다

사랑하는 이가 살고 있는
곳으로 날려 가리다

가다가 바람에 날리는
꽃도 주워 안고 가리라

아주 먼 곳일지라도
바람은 어디에도 갈 수 있어…

나는 가리라 바람에 실려
사랑하는 이를 찾아 가리라

그대의 목소리

그대 또한 그리워 하고
있음을 진정 믿으오리다

숨막혀 오듯 떨리는 음성
몇십 년의 세월이 가로 놓여도

나의 사랑이 그대의 가슴을 뚫어
사랑이 전해오는 그리움 담긴 목소리

심해의 가장 깊은 곳에서
울려오듯 심장을 멎게 한

지금도 전율로 남아 있는
그대의 목소리…

후기

내가 쓴 글이 시詩인가, 시가 아닐까!
나 자신도 수긍할 수 없는…

처음 시를 쓴다고 한 것이 70년대 초였고 그 이후
시집 두 권, 『제1시집: 구슬빽과 허리띠의 의미(1972
년)』『제2시집: 목련이 피던 아침(1981년)』을 내고 잠시
동인지 『진단시』 동인(김규화, 문효치, 박진환, 임 보, 정의
홍(작고))으로 함께했던 의미있는 기억들…

그리고 글쓰기와는 인연이 없는 삶을 살았던 20여
년간 어쩌다 '안동사범' 9회 동기들의 까페에서 글쓰
기를 시작하면서 10여 년도 넘는 세월, 시를 쓰겠다는
생각을 한 것이 아니라 그냥 무언가 생각나는 걸 적어

본 글들이었으나 15년이란 세월이 지나가고 보니, 많은 글들이 모여졌습니다.

이 글들이 시의 품격을 지닌 작품들이 되는 것인지, 다만 여든이 되는 세월을 맞이해 그래도 남기고 싶은 것이 있다면… 하는 욕심만으로 시집이란 이름을 빌려 두 권 시집으로 묶어 보았습니다.

아무쪼록 따뜻한 마음으로 읽어주셨으면 하는 바람입니다!

2019년 11월

임영희 林英姬

꽃과 사랑과 그리움을 노래하는
시인의 목소리가
우리 안의 진정한 미(美)에 대한 갈망을
일깨워주기를 소망합니다!

- 권선복
도서출판 행복에너지 대표이사

　아름다움을 갈망하는 것은 인간의 본능이라고 일컬
어집니다. 아름다움에는 여러 종류가 있으나 사람에게
매력과 동경, 환희, 즐거움, 나아가서는 사랑을 불러일
으키는 힘을 가지고 있는 것은 같다고 할 수 있습니다.
　그런 의미에서 꽃과 사랑을 노래하는 임영희 시인의
신간, 제3시집 『그리워한다고 말하지 않겠네』, 제4시집
『꽃으로 말할래요』는 인간이 가진 아름다움에 대한 갈

망과 함께 아름다움의 진정한 의미를 되새길 수 있는 계기가 될 것입니다.

임영희 시인의 제3시집 『그리워한다고 말하지 않겠네』는 소망, 기도, 그리움, 사랑, 때로는 부조리하고 불의한 세상에 대한 분노와 슬픔 등 인간의 순수한 감정을 정제된 시어로 노래하면서 삶이 가진 본질적인 아름다움을 탐구합니다. 특히, 우리의 미래를 책임질 다음 세대에 대한 따뜻하고 애정 가득한 시선은 임영희 시인이 추구하는 아름다움이 휴머니즘에 그 근간을 두고 있음을 느끼게 합니다.

시인의 제4시집 『꽃으로 말할래요』는 '꽃'이라는 단하나의 주제를 가진 160여 개의 시로 이루어진 유일한 작품입니다. 작품 전체를 통해 '꽃'을 매개로 한 자연의 이상적 아름다움에 대한 강렬한 갈망을 느낄 수 있을 것입니다. 또한 다양한 꽃들의 특징을 예리한 관찰력으로 잡아내어 그것을 바탕으로 시상을 전개하는 창의

성은 독자들에게 마음으로 느끼는 아름다움과 지적인 즐거움을 함께 선사할 것입니다.

임영희 시인은 20년간은 시와 관계없는 삶을 살았고 우연히 글쓰기를 시작하면서 15년만에 그 글들을 모아 2권의 시집으로 출판하였습니다. 이 두 시집에서 여성이라는 이유만으로 수많은 걸 제한당해야 했던 시절을 견뎌 온 시인의 고뇌와 역경, 삶에 대한 깊은 통찰이 느껴집니다.

정제된 언어로 꽃과 사랑과 그리움을 노래하는 임영희 시인의 목소리가 우리 안의 진정한 미美에 대한 갈망을 일깨워주기를 기원드리며 선한 영향력과 함께 힘찬 행복에너지가 독자들에게 전파되기를 축원 드립니다.

· 임영희 저자 약력 ·

· 안동 태생
· 안동사범 병설중학교 졸업
· 안동사범 본과3년 졸업
· 숙명여대 문과대 국어국문과 졸업
· 초등학교 교사 6년
· 1972년 월간 시 전문지『풀과 별(신석정, 이동주)』추천
· 현대시인협회 회원
· e-mail: vivichu429@hanmail.net
· 블로그: http://blog.daum.net/vivichu

그리워한다고 말하지 않겠네!

초판 1쇄 발행 2019년 12월 25일

지은이 임영희 · 발행인 권선복 · 캘리그라피 이형구 · 디자인 김소영 · 전자책 서보미
마케팅 권보송 · 발행처 도서출판 행복에너지 · 출판등록 제315-2011-000035호
주소 (157-010) 서울특별시 강서구 화곡로 232 · 전화 0505-613-6133 · 팩스 0303-0799-1560 ·
홈페이지 www.happybook.or.kr · 이메일 ksbdata@daum.net

값 16,000원

ISBN 979-11-5602-761-4 (03810)
Copyright ⓒ 임영희, 2019

도서출판 행복에너지는 독자 여러분의 아이디어와 원고 투고를 기다립니다. 책으로 만들기
를 원하는 콘텐츠가 있으신 분은 이메일이나 홈페이지를 통해 간단한 기획서와 기획의도,
연락처 등을 보내주십시오. 행복에너지의 문은 언제나 활짝 열려 있습니다.